청어詩人選 190

비상구를
찾다

송
정
우   시
집

청어

시작노트

첫 시집
『희망을 다림질하다』를 펴내고
수많은 길 위에 또 서성거렸다.

해가 갈수록
일상을 관습적으로 하며, 그렇게
굳어지는 몸과 마음을 안타까워하다
신체와 영혼을 모험하고 도전시키며
길을 걷고 글을 쓰곤 하였다.

낯선 땅을 헤쳐 나아가다 보면
어느 곳에도
익숙한 길은 없다는 것을 안다.

2019년 여름
海松 송정우

차례

5부

1부

개망초

응어리진 나날을 에돌아가
길을 나서 새 길을 내어도
막막한 오름길
어드메
산들바람 불어오는가
소박했던 유년의 궁전
보릿고개 비탈에
비릿한 햇살이 숨바꼭질하고 있다
잊혀진 땅 메마른 황무지에도
번성하라 땅에 충만하라
잔잔한 응원의 함성으로
창세의 축복 이어져
노른자 꽃술을 열고
까르르 웃음 웃는 얼굴들
맑은 별빛을 수놓고 있다

복수초

겨울 한가운데로 떠났던 사람의 귀환처럼
눈 덮인 들녘에 고개를 내밀고 있는 꽃

너무 젊은 날 끈을 놓으려했던
유리문 안의 옆집 누나는
다음 날부터 세상을 향해 절뚝거렸다
병상의 맨살을 보고만 소년의 뒤안
슬픈 꿈 가시넝쿨로 뻗어나갈 때
푸른 싹 밀어 올려 잡아주던 손
흔들리는 지팡이 굳게 짚어
어둠의 날을 인내한 둥지 속에서
노란 병아리는 해마다 부화하였다

오늘도, 시린
눈 속에서 눈 시린 꽃이 피어나고 있다

꽃길

꽃눈이 내려앉아
구석진 세상이 밝아졌다

아침 분분한 발걸음이
특설 무대에 올라 춤을 춘다

무심한 나무 그늘
야박한 시간의 틈새에

불쑥 삐져나오는 아픈 상처
토닥이는 봄의 길

여린 나날 어지럽던 희망이
샛노란 나비로 날아오른다

자귀꽃구름

쪽배를 타고 미끄러지는 이슬 끝에
일곱 가지 색깔을 입히는 공작새
마침내 깃털을 세워 하늘로 비상한다

줄지어 회전하는 바람개비 사이
어딘가 두 손 모으는 손길 있어
떠나갔던 사람이 다시 돌아온다

이별 이어지는 허망한 무대에서
한 아름다움이
또 다른 아름다움을 찾고 있는데

해 저물도록 머무는 눈길이 없어
하늘은
지상의 꽃들 모아 또 한 송이 구름꽃 피워낸다

베고니아

아열대 열기 담은 꽃바구니
초저녁 바다를 건너왔다

언젠가, 어디에서든
몇 번은 들었음직한 멜로디

쇄골로 드러난 밑그림 수채화
위태로운 판도라 상자가 열린다

해으름 해무 끈적한 입김
귓불에 찍는 붉은 연지 한 송이

기우뚱거리다 젖은 머리칼
물러서는 발걸음에 내쉬는 날숨 거칠다

찔레꽃

초록이 초록을 데리고 와
초록초록, 초록잔치 벌인다

방울방울 내린 햇살이
또르르 구르는 잎새

갓난 아이 조막손에
종달새가 날개를 퍼덕인다

꺾이고 시들어가는 세월에도
다시 또 손 내미는 꽃순

탯자리 배꼽을 닮은 동심원에
고운 꿈 파문을 지어

바람은 하얀 옷자락을 끌고
산모퉁이를 돌아간다

연꽃 만나던 날

고갯길 넘어온 바람이
칠월의 녹음을 흔들어놓고 있다
손가락 마중 나오는 피아노 건반에 맞추어
초록 잎사귀 어깨춤을 추면
잎맥을 흐르는 물방울은
낮은 목소리로 노래를 부른다
너무 많은 것 내 안에 있어
연緣이었는데 연인줄 몰랐고
또 하나 연을 앞에 두고도 머뭇거렸다
곰재 연꽃밭 다녀와
한동안 잠을 이루지 못했다
등촉을 밝히면 어둠이 물러가듯
누르고 눌러도 고개를 쳐드는
연꽃 연푸른 모가지 같은 그리움에
덧난 상처 아물어
먹구름 사이 하늘이 쪽문을 연다

연이라면 그 연 키워야 한다

4월 찬가

꽃샘바람 움츠린 아파트
봄빛 얽히고설킨 울타리 아래
몸집 좋은 사내 하나
초록배낭 메고 가고 있다
월요일 아침
싱글벙글 대머리 사내
개나리, 동백꽃 향기 휘저으며
자박자박 걸어가고 있다
신호에 멈추어선 차들이
꽃 양지 담장 모퉁이
백수 사내가 흘린 웃음보따리
하나 둘 풀어보고 있다

꽃의 모임

은하수 별빛 얼굴 떠오를 때
낮은음자리 발걸음으로
또 하나 아찔한 흰빛 되어 만나자

아득한 시간의 강가
새끼손가락 걸었던 동무들
다투어 돋아나는 새순으로 온다

세상의 꽃 다 만나고 나서
돌아가 마주하는 꽃으로
먼 길 에두른 걸음이 가볍다

잊고 잊혔던 무정한 세월
맺혔던 붉은 가시 뽑아버리고
한 다발 두 다발 선물이 되자

벚꽃

눈부신 박수갈채
아득한 햇빛이 쏟아지고 있다

올망졸망 올챙이
꼬리를 흔드는 옹달샘

휘몰아도는 향기에
차마 눈을 감아
두고 온 시간 속을 유영한다

초록 넉넉한 들녘
소풍을 나온 봄날

물오른 나무들
연분홍 함성으로
회복한 실낙원이 아득하다

꽃꿈

익숙한 월담을 하는 바람자락 붙들고
우리는 이국의 여인을 노래한다
칸나
밤 새워 불러보는 그 이름 있어
겹겹이 감싼 꽃 몸 숨이 막힌다
칸나
사위어가는 숯불의 중심에서
마지막 힘을 다해 불타고 있는
칸나
훔쳐보는 눈빛 버거웠던
푸른 잎사귀 멍든 자서전이 슬프다 했다

낙화암 제비꽃

황사 건너온 날
옛님 꽃몸으로 써내려간
전설 켜켜이 쌓인
오솔길을 오른다
천년 세월 서글픈 고란사 뒤안
굽이쳐 파도치는 언덕
시시포스가 되어
돌고 돌아가는 물레 강바람
세찬 숨 몰아쉬는 고갯마루에
바위틈 비집고 피어난 꽃,
쏟아지는 눈물 무게 버티다
고개 숙인 행렬
꽃 대궁 흔드는 애기 송이송이
잎갈퀴 갈래갈래 목이 메인다

가녀린 여인이 강인한
아, 남산제비꽃!

장미화원

백가지 빛깔
백만 꽃송이 앞에서는
너와 나
누구라도
또 한 송이 꽃으로 피어난다

꽃 가운데
꽃물이 들어
또 하나
꽃이 된 사람
저어기, 꽃밭에 살고 있다

삘기꽃동산

저물어가는 오후의 기울기로
몸을 낮춘 햇빛날개가
솜털 돋아난 살갗에 퍼덕거리고 있다
다가가지만
더 가까이가지 못했던
사춘思春 아스라한 멍울의 북소리
바위고개를 넘어오고 있다
추첨을 끝낸 행운권 숫자들이
엉클어 헝클어 노을빛 군무를 추는
다시 돌아온 봄 언덕
여기 이렇게
살아있다 확인하는
슬프디 슬픈 존재 증명서 한 장

분꽃

마른
흙먼지 날리며
슬픈 바람이 지나가고 있다
떼쓰며 늦장부리는 여름 꽁무니에
산허리 외딴 곳 흰 구름이 무겁게 깔리어
한 무더기 외로운 꽃 무덤 은밀히 감싸고 있다

수십 개 손과 팔을 좌우대칭으로 펼쳐 구름을 잡는 꽃

바다 건너 남쪽나라 무섭고도 귀여운 여신들이
소나무 낮잠 깨우러 온 바람을 붙잡고 있다
장롱 깊은 곳 숨겨놓은 보석을 깨트려
거친 솜털 얼굴에 바르던 가루분
큰누이 얼굴 아련한
분홍꽃

2부

동백역

갈매기 날개 퍼덕이는 소리에
무심코 차를 내리면
누군가 기다리고 있을 것 같아
매듭을 풀지 못한 사연이
원형질에서 진화하고 있는 동백섬 어귀
처연한 전설을 품은 꽃송이, 문득
목 잘리듯 떨어져 내릴 때
흔들리는 이파리 같은 눈망울로
누군가 나를 기다리고 있을 것 같아
그늘진 고층건물 사이
부서진 파도처럼 헤매는 갯바람에
가꾸지 못했던 인연의 망울
노을빛 성기게 물들어 가는 곳
동백역, 1번 출구 어딘가
펄럭이는 옷깃 흐물거리는 해무를 빗질하며
누군가 나를, 누군가 나를
기다리고 있을 것만 같아

청사포에서

팔부 능선 넘은 자줏빛 바람
땅 끝까지 밀려와 물의 치맛자락을 붙잡는다

왼쪽을 향해 저만큼만 간다고 하였는데
오른 쪽 먼 곳으로 와 버리고

넘어지고 엎어지다, 다시 일어난 파도는
뭍에 이르러 단 한 번 철썩이고 포말이 된다

갈림길 마다 떠나간 사람이
상처 깊은 그림자를 매달고 돌아오고 있는데

더 멀리, 더 높이 날아오르지 못한 나비
유배된 포구 병목에서 팔랑거리고 있다

장산 입구

네 안으로 들어가다
언제
어디에 있는가를 잊어버린다
되풀이 하는 경험으로
헤매다 돌아오는 길이 멀다

나뭇가지 퍼즐 사이로
까마득한 고향의 골목길이 펼쳐진다

인사는
밝게
활기차게
기분 좋게 하자고 한다

너에게 가는 길은 미로이고
너에게 가는 길은 구원이어
수없이 같은 말을 되뇌이다
한마디 말도 하지 못하였다

들어가지도 못했다

삼포길

빛의 터널 속으로
마지막 기차가 들어갔다

속도의 관성을 잃은 바람이
목 쉰 저음으로 날숨을 쉰다

채 피기도 전에 떨어진 꽃이
부끄러운 얼굴을 들고 바라본다

무지개 사다리 허물고
모든 것 내려놓고 예까지 왔다

야수의 걸음으로 고개 숙인 땅
세상의 길은 모두 폐선에서 소실하고 있다

을숙도 2

하늘 정수리, 아득해
장미꽃 붉은 잎들이 너울너울 내려온다

갈대숲 천년의 무거운 침묵을 깨고
둥지 속 알들이 아릿아릿 부화할 때

이제는 가야할 곳이 있다는 듯
한바탕 군무를 추던 새들이 그물을 끌고 날아간다

떨어져서 자유로운 섬
어머니의 태로 회귀하는 메아리

불면의 밤이 잉태한 상상의 자리마다
돌아온 탕자가 낙원을 회복해 간다

흘러가는 것 마다하지 않는 강물처럼
사라지는 것 겁내지 않는 바람처럼

결 고운 물 나이테 그리며
초승달 실은 나룻배 수초 사이를 미끄러진다

동해남부선

우리 그 길 걸었다

가을 햇살 버거운 억새
푸른 하늘에 자맥질하는 날
우리 함께 터널의 끝을 보았다
쏟아지는 빛 부풀어진 바람
장난스런 물구나무 서는 곳
무거워진 사연을 내려놓고
조각을 맞추어가던 동행
아지랑이 피어오르는
아찔한 미로로 들어갔다

문 닫힌 지평선
희붐한 그 길
오늘 혼자 걷고 있다

외양포구에서

먼 바다 건너와 비틀거리는 바람
겨울 나뭇가지 사이 숨을 곳을 찾고 있다
파고 높은 뱃길을 닮은
롤러코스터 언덕길 벼랑
야심 드러낸 당당한 등대에
홀로된 까마귀 날아든다
가파른 회오리 계단 오르고 내리고도
손 흔들어 작별하지 못해
눈썹처마 바람벽에 매단 섬이
해안의 허리에서 요동치고 있다
일몰 헛헛한 햇덩어리 수면을 달구어
뜨거운 치부 드러내면
포구는 말굽자석 같은 팔을 뻗는다
밀어내기만 하던 백년 세월
마침내 항복을 하고 돌아서
쓸쓸한 이삭을 쓸어 담고 있다

낙동강 움츠리다

봄부터 쌓아둔 풍요가
얼어붙은 강에 박제되어 있다

무리를 벗어난 철새 한 마리
신어산神魚山 그늘에 내려와
종종 걸음으로 동결된 시간을 두드린다

북녘 휘몰아 온 강바람에
가는 다리 휘청하는 새
불안한 날갯짓하며 먼 하늘 잠수한다

얼음장 아래 숨죽이던 물고기
꼬리짓 팔딱 하고
몸을 돌려 마차푸차레* 향한다

---

* 마차푸차레 : 네팔에 있는 히말라야 고봉으로 산꼭대기가 물고기 꼬리처럼 보
  인다

삼랑진 갈림길에서

세상 모든 것
어딘가에 있고
어딘가로 가고 있다

그 가운데
보이지 않게 피는 꽃이 있다

그 곳
미리 알 수 있다면
그 어딘가 먼저 가 서있고 싶다

우리는 모두
사라지는 것 쫓아다니며
스스로 소멸하고 있는 것을

이름도 없이 소실하는 길
가다가

눈에 보이지 않아서 더 소중한 이여

통영기행

피랑바람 휘몰아치는
곱사골목 어딘가,
지금은 이름 가물한 소꿉친구
'누구야 놀자' 하며 튀어나올 것만 같다

익숙한 풍경 속
모자이크 표정들 박혀있는
처음 만나 손을 잡은 이와도
뒤돌아보는 추억의 함정이 있다

알 수 없는 내일을 향해
날개를 펼치던 검은 백조
꽃으로 깃발로 화음 이루어
물비늘을 벗고 솟구치고 있다

수평선 닮은 기다림이 소실되는
막막한 몇 구비 고개 너머
자드락 눈썹길
둥근달 나울거리는
거울 속 세상에 들어간다

하동연가

고향 떠나 삼십년 헤매인 세월
꿈같이 사랑같이 꽃도 피우고
바람 부는 거리에서 울기도 했다
버리고 뿌리치고 못내 돌아온
하동포구 팔십 리 애달픈 발길
잊혔던 이름으로 꽃눈이 온다

섬진강 구비구비 흘러간 사연
그리운 가슴마다 메아리칠 때
보고픈 이 손잡고 울어볼까나
안개 낀 하동송림 오솔길 따라
뚜렷이 다가오는 그림자 하나
돌아온 나비되어 팔랑거린다

와현해변

어깨를 맞대며
한 곳을 보고 걸어가는 사람들
다정한 마음과 마음이 만나
앞서거니 뒷서거니
빗금 그으며 그리는 푸른 꿈
동백 꽃그림자 여울진다
금빛물결 은빛물결 어우러진
애기별 은하수 품은 남쪽바다
묻었던 사연의 보자기를 풀어놓는다
모두가 조금씩은 퍼렇게 멍든
어제의 뒤안에 웅크린 절규
바람에 실려 보내
오늘을 살고 내일을 기약하는
새싹이 돋아나는 섬
봄날 하루
하늘 사다리를 오르내리고 있다

섬진강 뱃사공

광양 매화마을 뒤로 하고
하동 송림공원 가는 뱃길
아랫강 물빛 닮은 사공의 눈동자에
긴 세월 이야기 담겨있다
사월 꽃빛 어우러진 나룻배
벽안 손님을 태우고 황포 돛을 올렸다
앞서 달린
백운산 골짜기 내려온 바람에
"시절 좋아 순풍 불어 잘 왔습니더"
휘파람 불어대는 뱃사공 한마디에
"그럼, 뱃삯은 순한 바람에게 주어야겠소"
그만, 그 승객 빈 손 보이고 가버렸다
저물어가는 해에
텅 빈 배 부글부글 끓인 다음 날
멀어진 눈빛으로 돌아온 손님
매화마을 다시 가자고 한다
순풍에도 돛 내리고
불끈불끈 노 저어 건너편 이르러
"오늘 참 욕봤습니더"
섬진강 굽이치는 물결 같은 사공 손에 올려진 지폐
곱절에 곱절로 무거웠다

영산포구 석양

비밀을 풀어놓은
태양의 꼬리 붙잡고
비릿한 사랑을 그리는 노을
거추장스런 옷을 벗어가던 강물이
물비늘 털며 흐름을 멈춘다
무쇠의 무게로 가라앉던 날들로
너무 쉽게 허물어진 속내
가슴속 소녀의 붉은 볼에 드러난다
스스로 곰삭혀 간 땅
무표정이 낯설어
죽음을 거듭해도 다시 또 탄생하는 서녘
빛바랜 영광을 안은 초승달이
귀환의 시기를 저울질하고 있다

무척산 연리지

무척
가파른 산비탈 오르다
들숨 날숨 고르는 산모롱이
벌거숭이 부둥켜안은 두 사람 만난다

팔 벌려 얼싸안아
서로의 몸에 뿌리를 내리고
가쁜 숨 몰아쉬다
화들짝 맨살 붉히는 그늘숲 침실

그냥 바라볼 수 없었어, 가까이 갈 수 없었어, 그만치 있어서 다
행이야, 처음 있던 그 자리 그대로, 더 멀어질 수도 없었어, 그
렇게 말없이 바라보기만 하였어, 눈을 돌려도 바람결 실려오는
몸내, 너 거기 있고 나 여기 있어, 울고만 있을 수 없어, 손을 잡
았어, 단 한 번의 설렘으로 나 너에게 주고 너 나를 받고 그렇
게, 그렇게 우리... 몸을 섞었어

무척산 소나무
부부연 맺고 천년을 살고 있다

3부

보론 호수

새벽 싱싱한 초록숲 첫 날숨에
산기슭 비박한 바람이 순례를 떠난다
아득한 북녘 하늘 발꿈치를 붙들고
검은 날개를 반짝이는 까마귀 곡예로
어둠에 잠겨있던 땅이 눈을 뜬다
바람결 흔들리는 벌개미취
수채화 한 폭을 그려가고
온몸으로 지저귀는 방울새
붉은 음표 오선지에 찍는다
자줏빛 흔들리는 노을이
화려한 꽃다발로 연주를 시작하면
한 사발 가득이 슬픔을 들이킨 산맥은
죽음 같은 침거를 끝낸다
남풍 따라 밀려온 물결에
흔들리는 수초사이로
무지개를 띄우는 뱃사공의 하루
안식의 불빛으로 찰랑거리던 이슬방울
침묵의 나락으로 소멸하면
잊혀진 가슴에 은빛 첫 별이 뜬다

슬픈 인도

내가 왔어요
당신이 오셨군요

내가 보아요
당신이 보시는군요

내가 먹어요
당신이 드시는군요

내가 가요
당신이 가시는군요

길, 이어지다

몸을 낮추어 불어오는 밤바람에
갈라졌던 얼음장이
다시 만나고 있다
제 몸 부수어
뱃길 내어주는 강물로
아침이면 잡은 손을 놓아야 해도
재회와 헤어짐의 경계에서
토닥이는 깊은 상처
바위처럼 견고하다 포기한 적이 있다
겨울 깊이 빠진 곳
쪼개진 몸 이어서
강 건너 뭍의 길을 만드는 얼음은
한 번 갈라진다고
아주 갈라섬이 아니라는 것 알고 있다

봄의 귀환

산비탈 응달을 버티고 선 나무들
혹한을 이겨낸 가지마다 움이 돋는다

어두운 비트 속 굶주린 계절
홀로 지낸 시간을 셈하고 있는 회색곰

기지개를 켠 남풍이
칠부능선 꽃순을 어루만진다

바삐 지나가는 틈새에
지금 곁에 있는 것들은 모두 소중한 것을

그리움은 얼었다 풀린 폭포에서
마주할 상대도 없이 쏟아지고 있다

알프스를 넘다

양지와 음지의 경계선에
멈추어버린 시간 속으로 들어간다

오후의 단잠을 마친 고원의 빛
성소를 내려오자
만년설 침묵이 녹아 흐르고 있다

계단을 오르는 순례자
두려운 마음으로 묻고 있다

그늘진 얼굴에 흰 꽃을 피워내며
그대가 기다리고 있는 것이 무엇인지

오래 전 금이 가버린
슬프게 풍만한 가슴이 떨리고 있다

다도해

감자꽃 피어나는 언덕 너머
청무우 빛 바다에, 빠져 있는
구백 아흔 아홉 개의 섬

다정한 사람 떠나온 발길
이 언덕 이르면, 누구라도
몸을 던져 천개의 섬을 이룬다

순례길

이국의 바닷가 언덕길
아득한 고향 들판이 따라와
장다리꽃을 피어냈습니다

오늘 우리는
어딘가를 향해 걸음을 옮겼습니다
그리고
누군가 무엇인가를
만나고 보았습니다

때로는 그것이
당신이었으면 합니다

오늘은 더욱 그렇습니다

소낙비

초록빛 위장해 가던 가로수
휘파람을 불며
어깨를 화들짝 들썩이고 있다

젖어있는 몸
주름살 깊은 잎맥을 따라
우렁찬 저음으로 흐르는 빗물

열어둔 창 사이
오렌지빛 우산에 이끌려
검은 장화를 신은 소녀가 지나간다

한낮의 정적을 깨고
높아만 가던 피아노 선율
그쳤다 했는데 다시 이어지고

두 손을 턱에 괴어도
알 수 없는 건너편 대화는
서먹한 빈 공간을 떠돌고 있다

귀향

가파른 바위산 근육질 병풍 너머
한바탕 군무를 추던 솔개들이
액자에 들어가 멈추어 섰다

벌거벗은 산비탈 나무숲 사이
숨바꼭질하던 회갈색 바람
깊은 잠에 들어갔다

벌판 건너온 구름그림자
날개에 올라
골목 안 아이들이 미끄럼을 탄다

묻어두었던 기억 담은 하늘이
포개진 기다림 위에
짙푸른 물감을 왈칵 쏟아내고 있다

매미

열대야 머리에 이고 바스락거리는
밤 이슥해지도록
잠들지 못했다

오랜 기다림에
쏟아져 내리는 빛이
포도鋪道에 줄을 서 있다
깊은 땅에서 솟아난 신기루
낮게 깔린 구름 속으로 사라지면
뫼비우스 띠 두른 윤회의 배
노 저으며 돌아온다

승객 떠난 정류장에도
물잠자리 날개 펴고 날아오르는
맥문동 꽃대
깨알 같이 부화하는 유충들이
보랏빛 내음에 취한다

고목 오르는 꽃뱀 등줄기처럼
여름날 하루는
길다

일출

자유를 꿈꾸던 어둠이
종언을 고하는 찰나

밤을 새워 탈진한
절망의 육신을 내려놓는다

주름 잡힌 물결을 다독이는
새벽빛 한 줄기에

뱀의 허물을 벗고
이륙을 준비하는 수평선

무섭다 망설이다
탈 벗고 민낯 보이는 얼굴

전신을 해체한 물의 살갗이
붉게 타들어간다

만추

생명줄 놓은 나뭇잎
희롱하던 바람 사그러지는 밤

오래된 아파트 단지 가로등 아래
팔고 남은 과일 종지들이
삐걱거리는 일 톤 트럭에 올려지고 있다

과체중 몸을 비우듯
붉어진 잎 떨군 벚나무
반쯤 남은 잎들을 밤하늘이 붙들고 있다

머리숱 듬성한 은발 노인
노란 봉지 옆구리에 부여잡고
한 걸음 두 걸음 기우뚱거리며 가고 있다

한 달에 한 번 있는 모임에
웃고 떠들던 친구들 작별하고
지하철 타고 꾸벅꾸벅 돌아오는 길

누구에겐가
또 하나 소중한 가을이 지나가고 있다

사라지는 날들

온종일 아무 일 없었는데도
어둠은
마감의 팻말 걸고 내려온다

습관이 되어버린 기다림
지독해
스스로를 유배한 산골

저 홀로 빈 들 배회하던
보름달
무거운 적막을 깨고 떠오른다

천지 가득 구겨진
옛 얼굴 하나
부끄러워 손 다림질한다

애플파이, 만남

스치고 지나가는 거리에도
눈동자 붙잡는 풍경이 있다

익숙지 않은 자리에서도
날줄과 씨줄 맛깔 진 식탁보 펴고
만들어가는 인연의 공간

제한된 일상의 시간으로
자신을 선물하는 사람이 있다

장마 뒤 햇살 푸른 잎에 구르듯
이름 불러주는 입술에
맑은 음표 꽃송이 활짝 피어난다

겨울역

멈추었다 떠나는 기차와
서성거리다 몸을 싣는 사람들을
사고 파는 플랫폼
지금 무엇을 그리워하고 있는지
관심 없이 클릭하는 순간에도
인연은 이어지고 있다
따뜻한 피가 도는 영혼들이
찰나의 점선에 마네킹으로 진열되는 쇼 윈도우
흘러간 강물이
호출하는 잊혀진 과거
그것은 또 하나의 사랑
어디에선가 와서
서로 다른 길로 가야했던 우리
덜컹거리는 포옹을 싣고
얼음처럼 차가운 기차는 달리고 있다
짧은 우회의 시간에도
속 깊은 그곳에 닿아
상처 남길 수 있는 간이역 같은 곳
빨간 코트를 걸친 러시아 인형이
대각선을 긋고 건너편 앞자리에 앉는다

4부

비상구를 찾다

언제라도 표정을 바꾸어
폭우를 쏟아낼 것 같은 하늘이다

사각의 그늘을 파고드는
오후의 빗금이
저물어가는 경계선에 멈추어 서 있다

가슴 떨리던 순간
서툴었던 연기를 기억하는 가면들

막이 내린 무대에 똬리를 틀어도
주름 접힌 돛을 펼치면 또 한 번의 항해이다

깃 세운 망토 자락을 끌며
옥탑방 문지방을 넘어온 수평선이
연둣빛 어깨에서 출렁이고 있다

동행

지나온 길 돌아보니
이렇게 저렇게
모두가 아름답습니다
티격태격 토닥토닥
엇박자 에둘러서도
머나먼 길 잘도 왔습니다
따스한 빛살도 내리고
비바람도 무시로 몰아쳤습니다
고맙습니다
숲터널 속 푸른 하늘처럼
깨끗한 영혼의 눈망울
오랜 시간 속
흔들림 없이 지켜준 그 눈으로
오늘 여기에 내가 있습니다

아가야!

가뭄 끝에 단비와 같이
사월 살구꽃 향기와 같이,
수평선 찢고 솟아난 태양으로
새벽 숲을 깨우는 새의 노래로
어둠은 물러가고,
쓸쓸히 걷는 그림자 지나가는 날들 상처가 아물었다

희망이요 기쁨이라고 하고 두 손을 모았다

슬픔과 즐거움, 아픔과 행복을
풀무질하는 오솔길 따라
순백의 목화솜에 무지개 물감을 뿌리는 손을 본다
눈물 없이 울어보는 울음
그리고 돌아보면 언제였다는 듯
천국의 뜨락에서 내려오는 솔바람 웃음 짓는 눈동자
땅속을 헤매던 애벌레가
마침내 단단한 껍질 허물고 나와
비 그친 들판을 날아다니는 나비가 되었다

다시 사랑이요 감사라고 쓰고 두 손을 잡는다

초록 튼실한 잎새 사이
아침노을 물들어 익어가는
희락과 화평의 열매를 매단 사과나무를 본다
폭풍우 비바람 속에서도
견디고 자라게 하는
빛나고 순수했던 날들의 유산으로
옥토에 떨어진 씨앗으로 열배 백배 결실을 맺어
생육하고 번성하므로 네가 있음이 축복인 것을 안다

빛이라고 또 기도라고 읽고 손을 흔들어 응원한다

사모곡 1
-모정

고향 갔다 오는 길
모과 두 개 차 안에 놓여져 있다

겨울 지나며 줄어든 몸
검붉은 반점에
가보지 못하는 날들의 무거움이 내려앉았다

무정한 아내 아린 속내 모르고
내다버린 마당 한구석
한두 해 봄 지나자 싹을 틔웠다

줄기마다 돋아난 잎 새
잘잘한 꽃봉오리
발그레한 속살로 수줍게 열렸다

쭈글쭈글 주름진 얼굴
너를 위해 할 수 있는 것 이것뿐이라고
새벽기도 제단 쌓아 피우는 향내
저리도록 감싼다

어머니도 청춘의 날
작은 연분홍 정념
모과꽃 꿈으로 보이지 않게 피어냈을 것
알지 못했다

모과나무 그림자
늘 그런 못난 모양으로 남아 삭아간다

사모곡 2
—망각의 애가

물가에 심겨진 포도나무
보이지 않게 피어난 꽃으로
구부러진 허리로 주렁주렁 열매 맺어
모두가 은혜라고
날마다 감사의 제단을 쌓으신 것
이제는 다 잊어버리고
가물어 메마른 땅이 되어
버린 적 없지만 알지 못해 서러운
이것이 애가라
하나 둘 모여든 자식들 멍하니 바라보고
저기 저 철문이 닫혀 있다고
휑한 눈 공중에 매달아놓고
옛사람 오고 있다 마중 나가야겠다
세상에는 참으로 도적이 많아
네가 주는 것 맛이 있지만
나는 가고 싶은 곳도 없고 걸을 수도 없구나
열매는 동풍에 마르고
가지들은 꺾이고 불에 탔으니
모든 것 잊는 것, 이것이 애가라
후에도 애가가 되리라*

---

* 성경 에스겔서 20장 10—14절

사모곡 3
−태화강역 플랫폼

귀뚜리 울어대는 밤
한낮을 활보하던 그림자 하나
갈 바를 몰라 헤매고 있다

생채기 많았던 길 돌아가
처음부터 시작하는 수십 년 세월의 저편
기억 모두 내려놓았다

초점을 잃은 눈으로
거듭해서 복기하는 아쉽고 분한 몇 토막 이야기
비수에 잘려 낱알로 흩뿌려진다

오르면 내릴 수 없는 밤기차
불빛 희미한 플랫폼에
보리이삭 데자뷰 흔들리고 있다

사모곡 4
-구순 노모

나이 들어 자식에게 짐이 되면 안 된다고 하루에 두 시간씩 언제
라도 걸었던 어머니, 걸음줄을 놓아 버렸다. "방에만 계시면 안
되니 나가서 나와 같이 걸으십시다." 하면 지팡이 들고 따라나
서다, 스무 걸음 채우지 못하고 "야야, 힘들어 못 걷겠다." 주저
앉으신다. "사람이 죽으면 영원히 잘 텐데 낮잠은 뭐 할라고 자
야." 하며 끊임없이 손발을 놀리던 어머니, 이제는 종일 의자에
앉아 꾸벅꾸벅 졸음 조신다. "어머니, 주무세요?" 가끔씩 물으
면, "아니, 안 자야. 늙으면 잠이 없어져야." 하신다. 학교에 다
닌 적 없어도, 덧셈, 뺄셈 암산하여 한 푼도 틀림없이 줄 돈 주
고 받을 돈 받으셨다고, "어찌 그리 계산기도 없이 하나도 틀리
지 않으세요?" 그렇게들 칭찬했다고 자랑하시더니, 이제는 손
자를 보고 "우리, 작은 아들! 아니구나. 나는 하나도 몰라야. 네
가 누구냐" 하신다. "배부르다, 가렵다, 화장실에 가고 싶다."는
말씀뿐이어도 나란한 잠자리 아들 손 꼭 잡고 밤새워 하고 싶은
말씀 모두 잠꼬대로 풀어놓는 어머니, 초점 잃은 눈처럼 평생
한 되었던 일, 차마 내뱉지 못했던 말의 두더지가 땅속 깊은 길
을 헤매고 있는 것이다.

동백섬 의자

해운대 동백섬 순환로에
오륙도 바라보는 긴 의자가 있다

동백꽃 병풍언덕 배산에
초록바다 임수한
잘난 문중 명당 같은 지세여도
의자는 말이 없다

청초름한 철쭉 향내 가득한 날
아버지 멀거니 빛바랜 얼굴이 서러웠다

방바닥에 엎드려 글을 쓰다가
늦지막 갖게 된 걸상에는
일등의자라는 라벨이 붙어 있었다

약속 지키지 못한
철없는 아들의 무게에 눌려
오래된 의자처럼 삐걱거리게 된 아버지
버거운 자리 남기고 홀연히 가셨다

의자는 늘 미안하다 말없다

딸의 결혼식

몇 해 전 결혼기념일 새벽에
또박또박 쓴 편지로 울컥케 하던 네가
홍매화 망울지는 날에 초록나무 씨앗이 된다

오월 어느 날 푸른 나비 되어 만났던 우리
진달래 꽃샘 닮은 사슴으로 꿈길 찾아와
연보라 아지랑이 피어내고
가파른 계단 길 함께 오르기도 하였는데

긴 세월 의지하여 익숙한 두 손을 놓고
오늘은 하나 된 듬직한 손을 잡는구나
응원과 격려 더 많이 보냈어야 하는데
다하지 못한 우리 몫 이제 너의 사람에게 넘긴다
결심하고 다짐하며 아가야 첫걸음마 다시 내딛는 날
이제 함께 걸어갈 수 없다, 우리

가시줄기 보듬어 꽃 피우는 장미처럼
속살 헤집는 모래 감싸안는 진주처럼

청실 더욱 돋보이게 하는 홍실을 엮어서
너와 그, 내면의 소리에 귀 기울여
모든 것 둘이 함께 이루어감을 잊지 않으면
겉보기 크고 빛나는 것만을 쫓지 않고
인생의 가치 있는 실과를 풍성히 매달리라

때로는
아주 좋아하는 것들로부터도 거리를 두고
한 걸음 두 걸음 가다보면
사람들 가운데 향기롭고 아름다운 꽃이 될지니
더 갖기 위해 바삐 사는 사람이 되지 말고
인생의 많은 부분에 영혼이 있게 하여라

오늘
경이로운 반생을 예약하는 신부와 함께
새 세상 품안에 끌어안는 신랑을 본다
축복한다, 하늘 신령함과 온 땅 충만함으로

이제 두 사람 새로이 꾸리는 가정이
모든 것의 시작이요 종착점이라는 것을 기억하자

나의 눈에는 어느새 이슬이 맺히지만
벅찬 기쁨으로 맑은 미소 짓는 너를
선한 기대, 간절한 소망으로 보내주련다
잘 살거라, 연둣빛 행복 함께 만들어가면서

사랑하는 나의 딸아!

3·1절 백년

1
피를 흘리고 엎드러져서
어깨를 들고 있는 향나무
백주 대낮 테러를 당한 선각자
몸을 비운 영혼이
오체투지로 바닥을 기고 있다
한반도의 백년
혼돈의 소용돌이에 빠졌던 세월
찢기고 허물어진 자유와 정의
조각조각을 꿰매고 이어서
혹한의 광야를 건너온
품위 있는 푸름이 부활하고 있다

2
우리를 보지 못하고
우리가 보지 못하는 고인은 떠나
어둠이 물러나는 곳에서도
태양은 붉게 솟아나지 않았다
어스름 빛에 허물어지는 산맥의 허리춤
메아리치는 이름을 붙잡고
짧고 굵은 선을 그어간 사람들
잊혀진 땅 높아만 가는 건물 그늘에
뜨겁던 혈흔이 산화하고 있어
누구라도 내미는 손을 잡고
다시 새나라로 가는 백년 기차를 탄다

아, 이중섭!

맨드라미 꽃술을 인 장닭이
날지 못하는 비둘기
입을 맞추며 희롱하고 있다

물길 놓친 참게
쇠파리 업은 황소 등에 오르면
문득 바람이 불고 나뭇가지 흔들린다

오후의 계단을 오른 청뱀이
넘어가는 해를 잡고 춤추고
어른과 아이가 발가벗고 뒹굴고 있다

꿈을 꾸는 듯

눈여겨보는 이 없이 백년이 지나갔다

엘리베이터 사용법

불쑥 들어왔다
잠시도 머물지 않고
가버리는 날이 많았다
너를 내보내며
수위를 낮추어가던 호수
바닥을 드러내고 저 혼자 나뒹굴었다

스쳐 지나간
물고기 꼬리를 붙잡고
시간을 복원하는 것도 지쳤다
덜컹거리는 나를
망가뜨려, 마침내
너를 가두었다

컨테이너 시인의 여름나기

밤새 인내를 시험하던 매미
끝 정이 깊어지는 무더위 언덕
여기까지다 둘러지는 담장에
캔 커피 올려놓고 땀을 닦는다

교차로 벗어난 고가도로 아래
오후 길 앞에 둔 컨테이너 다락방
창 푸른 찻집 비워둔 한 자리
아랑곳없는 바람만 들락거린다

끝없이 이어지는 기다림도
여름의 절정에 솟아난 말복처럼
이제 그만 되었다 선을 긋고
돌아온 계절 입 맞추고 또 한 줄을 적는다

시인의 짐노페디*

눈이 멀어가는 강아지를 위하여
그대는 하루 휴가를 낼 수 있는가

노아의 방주 망치소리에
깨어난 신부가
카니발에 나가 탱고를 추고 있다
진지 뺏기놀이를 마친
탱크의 퍼레이드에
피크닉을 나온 기사단은
축배의 노래를 부르고
황혼의 샹송을 아직도 믿는
장미십자회
별세계 아이들을 위해 기도를 올린다
백지의 선율을 유희하는 음악가
마지막 남은 소녀를 소묘할 때,
시인이여
귀가 부자유한 부인의 연애를
그대는, 메이크업 할 수 있는가

———————

* 프랑스 작곡가 에릭 사티의 곡, 라투르의 시 「오래된 것들」에 영감을
  얻어 지었다고 한다

시의 향기

엘리베이터 문이 열린다
기다리던 사람들
한 귀퉁이씩 차지하고
돌아서서 굳건한 기둥이 된다

문 닫혀 밀폐된 사각의 상자
천천히 올라가자
어디선가 비릿한 냄새가 피어오른다

서로를 외면하던 사람들
비로소 사람을 보고 두리번거린다

나는 아닌데
나는 아닌데 하다가
문득
손에 들려있는 것을 본다

김영재 선배의 시집 『홍어』 한 권

아, 미안합니다, 여러분,
시의 지독한 향기입니다

5부

가부끼 성을 허물다

흑과 백의 경계에서 주춤주춤
아무도 알 수 없는 집을 짓는 언어의 마술사

온 밤을 새워
읽히지도 않는 글집을 짓는다

맑은 하늘 몇 개의 흑점으로 떠 있는 솔개
은빛 잔등에 메마른 아우성

시절 좋아 부르는 노래의 후렴에
운명은 새벽 고양이로 끼어든다

말발굽 소리 가까워질 때에
고개를 숙이고 혼잣말하는 풀잎들

과녁을 앞에 두고 떨어지는 욕망의 화살이
가면 뒤에 숨어 바둥거린다

천상의 궁전을 떠나 지상의 장터로
고운 꽃단장한 요람에서 무덤까지 길

환희와 슬픔을 위장한 무대, 덧없는
막 내려 과장된 몸짓만 신기루로 떠 있다

누구라도 붙들고 말하고 싶은 것이다
그저 혼자서 춤이라도 추고 싶은 것이다

희망나무

막막한 고갯길, 언뜻
귓불 어루만지고 가는 실바람처럼

밀집한 건물 사이, 문득
푸른 손 흔들어대는 조각하늘처럼

십년의 거리 어딘가에
서성이다 불쑥, 찾아온 옛 친구처럼

옹이 깊이 박힌 등 휘청거리며
맹목의 발 내 딛다 막다른 길

버티고 서 있는
올곧은 소나무 한 그루

SNS 사이

우리 그런 사이에요
얼굴을 보지는 못해도
가끔은 안부를 전하는 사이
언젠가 만난 것 같지만
멀리 떨어져 있는 사이
그렇지만
요술램프에 불 밝히면
나, 여기 있음을 보여주고
더러는 미로 속을 헤매어
벌거벗은 그대
기둥 뒤에 숨어서 보기도 하는 사이
만나서도 손을 잡을 수 없고
헤어져 있어도
칸막이 너머 가쁜 숨 내쉬고 있는
참 이상한, 우리 그런 사이에요

밀회

멈추어 선 차에
우뚝 솟은 고층건물이 무너져 내린다

그늘 진 창문마다 피어나는 꽃
방황을 끝내고 내려와 앉는 꿀벌 한 마리

열어가는 꽃문에 산란하는 햇살로
언저리 더듬어 가는 촉수가 얼얼하다

신호등 푸른빛으로 바뀌기 전에
저 벌이 내 말을 들을 수 있다면

너는 헛것을 본 거야 빨리 돌아가야 해
너의 날개는 지치고 입술은 마비될 거야

검은 철문을 흔들어대는 금빛 날개
원시낙원으로 가는 구애의 몸짓 처절하다

장마의 끝

몇날 며칠
뽕잎 갉으며 뒤척였다

집 나서는 손잡이를 놓기도 전에
꽈당 소리 내며 먼저 닫히는 문

위로받고 싶어졌다

까르륵거리는 나뭇잎 사이
머물고 있던 바람이 달려 와 안긴다

막혔다가 뻥 뚫린 샤워기에서
진한 햇물이 쏟아져 내려온다

위로받고 싶어 하는 사람
문 저편에 또 있다

비꿈

간밤에 님을 보았습니다

내가 여기 있는 것 잊었냐는 듯
삭막한 거리 헤매다
비가 내렸던 밤입니다
우리가 사랑에 빠지는 것처럼
비는 느닷없이 내린다고
어느 시인은 독백하였다지요
아린 꿈 돌아보며 걸어가는
녹음 짙어진 가로수길
간밤 질펀한 열락의 물비린내 풍겨옵니다
물어 물어 느닷없이 찾아온 그날의 사랑처럼
비는 그쳤지만
빨간 외투를 입은 소녀
흰 눈길에 뿌리고 간 고백이 아득합니다
무디어진 가슴에 또 하나 빗금을 그으며
어디선가
물기 머금은 빛줄기가 쏟아집니다.
빗속의 빛
그 가운데 님이 또 서 있습니다

촛불과 태극기

매주 갖는 조찬 모임에서
"몇 주 보이지 않던데 어디에 갔다 왔는가?"
묻는 사람이 있다

"나, 촛불 집회 다녀왔다"
"농담하지 말아라"

페이스 북에 올려놓은
태극기 집회 사진을 보고
오랜 친구가 영영 떠났다고 한다

어쩌다 우리는
시들지 않은 국화 송이 쓰레기통에 버리고
썩은 이념의 깃발을 높이는 시대를 살고 있다

그해 겨울

밤안개 자욱한 거리
숲을 나온 대나무들이
대오를 지어 걸어가고 있다

회오리바람 따라
돌아올 수 없는 강을 건너는
일방통행 구호는 소통을 거부한다

방언에 방언으로 답하는
수직과 수평 어긋난 불빛
무섭게 교차하는 하늘자락,

견고했던 성벽이 흔들리고
어둑한 땅
돌아온 계절이 거꾸로 가고 있다

무너져 내리는 속살로
백년을 지탱한 교회의 첨탑십자가
아아, 하체가 실종되었다

송년

노을의 꽁지짓 같이
화려한 손을 흔들고
함께 한 사람들이 떠나고 있다
공연이 끝난 무대 뒤편
버려진 꽃다발 속에
쇄락해가는 환호
지나온 날들의 명주실이 풀려
먼 불빛으로 어른거리는
줄무늬 회한
자신을 느슨히 결박한 장승같은
상실의 표정 어드메
층층이 쌓인 낙엽 밑바닥
억압받는 정적이 꿈틀거리고 있다

행복나라

나는 행복하다고
언제나 말할 수 있는 사람은 행복하다
나는 행복하지 않다고 말하자
나는 행복하지 않게 되었다
행복한 사람들이 모여 사는 나라에 갔다
나 행복하다고 하면
불행해질 수 없는 행복나라
행복한 사람들이
행복한 시간을 만들어가는 세상에서
나는 행복하였다
모두가
행복표정으로
서로를 다독이며
행복꽃 송이송이
말없이 웃고 있는 하늘에 올리고 있다

우물가 여인

우물가
빈 물동이 놓아둔 채
한 여인이 춤을 추고 있다

마셔도, 마셔도 목이 말라
나그네 건네준 생명수
다시는 갈증이 없는 물을 얻었다

동이 터 올라
새벽어둠 물러가고
좁고 어둡던 마을 모든 길이 환해진다

보리떡 한 아름씩 움켜진 여인들
아무 일 없는 듯 스쳐 지나간다

유월절 만찬

먼지 묻은 발을 붙잡고
그 발 씻기며
친구여
내가 너희를 사랑했던 것처럼
너희도 서로서로 사랑하라 하네
떡을 떼어 축사하고
그 떡 나누며 너희를 위한 나의 살이라
잔을 들어 감사하고
그 잔 건네며 너희를 위한 나의 피라
기억하고 기념하라 하네
그리고 그늘진 얼굴을 돌려
너희중 하나가 나를 팔아넘길 것이라
너희중 하나가 나를 모른다 할 것이라 하네
저는 아니지요
아니라고, 아니라고 하는데
그렇지 않네
그가 바로 나이네
그분 떠나면 홀로 남아야할 세상
검은 휘장이 내려오는데
감았던 눈을 뜨자 말씀 하시네

염려하지 말라
낙심하지 말라
너를 인도하고 보혜할
내가 있으리니
십자가 절망의 언덕을 넘어
어두운 밤의 미로를 헤치고 오신
또 다른 그분
바로 그분 지금 내 안에 들어와 계시네

엠마오의 식사

빛으로 오신 분이
그 빛 모두 잃으시고
달무리 후광에
흐물거리는 그림자 실루엣이 되었다
가난한 저녁을 준비하는 소리에
밤은 깊어지고
빨랫줄에 걸려있는 세마포 한 벌
홀연 바람에 날라 간다
그렇게 주님 오시고
주님 계시고
주님 떠나신다
눈 멀고 절름발이 된 예루살렘에
무릎 꿇리고
돌문을 닫은 동굴에 갇혔다
쇠사슬 끊고 승천하였다는 말
믿을 수 없어 내려가던 엠마오 길
두 가슴 뜨거워지며
새 예루살렘성이 열리고 있다

부활절 2018

삼월 이십 일일

봄의 문이
가까스로 열린 날

그만
폭설이 내렸다

세상은
고요해지고

죽음의
침묵 속에서

보름달 차올라 맞이하는
첫 주일

온 세상
희망꽃이 활짝 피어난다

희망가

북풍 몰아치기 전
아직은
꽃의 봄날을 노래하자
어둠의 장막이 드리우기 전
아직은
푸른 하늘을 보도록 하자
또 하나의 세상을 비추는 거울 속에
구름처럼 바람처럼
지나가는 누군가가 있다
아득한 이름
회전하는 그림자라도
꿈길에서 만나보는 인연이 되어
더 이상 갈 수 없다
절망이 속삭일 때
한 걸음 더 내딛어 나아가도록 하자

길에서 찾은 희망의 사회
– 송정우 제2시집 『비상구를 찾다』의 작품세계

양왕용(시인, 前 한국문인협회 부이사장)

(1)

송정우 시인은 생물학적 나이 60에 시단에 데뷔하였다. 그러나 그는 초등학교 시절에 그의 고향이기도 한 전남 나주를 지키며 흙냄새 물씬 나는 소설을 써 1978년 '흙의 문학상'을 수상한 오유권(1928-1999) 작가가 심사한 향토백일장에 입상할 정도로 문재를 가지고 있었다. 그는 생업으로 무역사업을 하며 미국, 유럽, 중동 및 아시아 여러 나라 회사와 상담을 하면서 세계를 누볐다. 외국어 구사에 능하여 일찍부터 번역문학에 관심이 많아 소설을 번역하기도 하고 개신교 장로로 한국에 온 서양 선교사의 전기를 쓰기 위하여 국내외 선교지를 탐방하기도 하였다. 그는 무역업에 종사한 탓이기도 하나 여행을 좋아하며 업무 차 외국에 나가는 경우에도 바쁜 시간에 짬을 내어 자전거 여행도 여러 차례 했다. 따라서 그에게는 여행체험이 바탕이 된 작품들이 많다. 필자는 서울에서 나오는 모 계간지에 「시와 여행」이라는 제목으로 그의 여행 체험 시에 대하여 집중적으로 조명한 바 있다.

그는 비록 늦게 데뷔하였으나 왕성한 창작 활동을 하여 2015년 처녀시집 『희망을 다림질 하다』를 낸 바 있다. 그 후 4년 만에 내는 이 시집이 그의 두 번째 시집이다. 이 시집은 총 5부로 나누어 75편의 시를 수록하고 있다. 이 시집에도 국내외 여행에서 얻은 시들이 많다. 이 시집에서 필자는 그의 시가 여행 체험 자체에서 느낀 정서보다 더 큰 의미의 상징성을 가지고 있다는 생각을 하게 되었다. 그는 이 시집의 자서격인 〈시인의 말〉에서 짧은 글이지만 다음과 같이 밝히고 있다.

굳어지는 몸과 마음에 안타까워하다 신체와 영혼을 모험하고 도전시키며 길을 걷고 글을 쓰곤 하였다. 낯선 땅을 헤쳐 나아가다 보면 어느 곳에도 익숙한 길이 없다는 것을 안다.

그는 신체와 영혼의 나태성을 극복하기 위해 모험적인 여행을 하고 글을 쓰고 있다. 그리고 익숙하지 않은 길을 헤쳐 나가는 데서 그 나름의 '길 위의 시학'을 깨닫고 있다. 따라서 그는 시편 속에서 여행 자체의 즐거움이나 미지의 세계에서 발견되는 새로운 풍경의 경이로움보다 '익숙한 길의 부재'에다 그의 신앙이기도 한 기독교적 상상력을 구사하여 내포를 간직한 시편

들을 쓰고 있다. 그러면 그의 내포, 즉 상징성의 의미가 어떠한
지를 구체적인 작품을 통하여 살펴보기로 한다.

(2)

이 시집 1-5부에서 고른 8편의 시를 순서대로 살피기보다 그
의 '길 위의 시학'이 어떻게 심화되고 상징적으로 형상화되고 있
는가 하는 점을 해결하기 위하여 시편들의 수록 순서를 바꾸어
가면서 필자 나름의 시 속에 내포된 상징성의 의미를 해석하여
보기로 한다.

몸을 낮추어 불어오는 밤바람에
갈라졌던 얼음장이
다시 만나고 있다
제 몸 부수며
뱃길 내어주는 강물로
아침이면 잡은 손을 놓아야 해도
재회와 헤어짐의 경계에서
토닥이는 깊은 상처
바위처럼 견고하다 포기한 적이 있다
겨울 깊이 빠진 곳
쪼개진 몸 이어서
강 건너 물의 길을 만드는 얼음은
한 번 갈라진다고

아주 갈라짐이 아니라는 것 알고 있다

– 「길, 이어지다」 전문

이 작품은 3부에 세 번째로 편집되어 있는 시이다. 그러나 송 시인의 길에 대한 의미부여 즉 상징성을 잘 보여준 시이다. 따라서 이 작품을 통하여 '길'의 상징성을 어느 정도 파악할 수 있을 것이다. 이 시에 등장하는 주된 시적 제재는 봄이 오는 강변의 갈라진 얼음장이다. 얼음장이 갈라진다는 것은 겨우내 그것을 길 삼아 걸어온 자들에게는 길이 없어진 것이다. 즉 길의 상실이다. 이 경우 상식적인 정서는 얼음 자체에서 오는 감각 즉 차가움이나 물에 빠질 수도 있다는 불안감이다. 그러나 송 시인은 이 시의 첫 부분 다섯 행에서 그러한 상식을 벗어나고 있다. 얼음장의 갈라짐에서 그가 인식하는 것은 새로운 만남이다. 즉, 얼음장이 녹아 강물이 되고 그 강물로 뱃길이 열러 새로운 만남이 시작된다는 것이다. 이어서 송 시인은 우리의 삶 속에서 헤어짐은 깊은 상처를 주고 송 시인 자신도 헤어짐 자체를 인정하고 포기한 적이 있다고 술회한다. 그러나 겨우내 얼었던 얼음은 봄이 되면 녹아져 결국 갈라진 얼음장은 형체만 바뀌었지 새로운 길을 만든다고 인식하고 있다.

이상과 같이 송 시인에게는 길은 결코 끊어질 수 없으며, 다양하게 변하는 것 자체가 항상 새로운 길이 되고 그에 따른 새로운 도전이 되는 것이다.

세상 모든 것
어딘가에 있고
어딘가로 가고 있다

그 가운데
보이지 않게 피는 꽃이 있다

그 곳
미리 알 수 있다면
그 어딘가 먼저 가 서있고 싶다

우리는 모두
사라지는 것 쫓아다니며
스스로 소멸하고 있는 것을

이름도 없이 소실하는 길
가다가

눈에 보이지 않아서 더 소중한 이여

—「삼랑진 갈림 길에서」 전문

이 작품은 2부 아홉 번째 편집되어 있다. 이 시에 등장하는
구체적인 지명 삼랑진은 요즈음 양수발전소 위쪽으로 아름다운

서구식 별장들이 많아 사람들이 자주 가는 곳이 되었다. 그러나 삼랑진은 지형적으로 밀양강과 낙동강이 만나는 탓으로 조선조 시대에는 사람과 물류들이 이동하는 거점이었고, 임진왜란 때는 치열한 전투가 벌어진 현장이요, 일제강점기에도 일제에 의하여 요긴하게 쓰인 곳이다. 특히 1905년 개통한 경전선으로 경상도에서 전라도로 가는 갈림길이 되기도 하였다.

이러한 의미 있는 곳에서 송 시인이 발견한 것은 세상 모든 것 즉, 사물들의 존재와 이동이다. 달리 말하면 사물들은 존재하지만 시간의 흐름에 의하여 변화하면서 차츰 소멸되어간다는 진리를 발견한 것이다. 그러한 진리 속에서 그가 소망하는 것은 '보이지 않게 피는 꽃'에의 동경이다. 사라지는 만물들 속에서 보이지는 않지만 사라지지 않는 꽃은 어쩌면 그가 믿고 있는 하나님일 수도 있을 것이다. 그러나 이 작품에서는 그렇게 명백하게 밝히지 않고 있다. 즉, 현대시의 특성이기도 한 모호성 혹은 애매성의 차원으로 '눈에 보이지 않아서 더 소중한 무엇'으로만 존재한다.

지금까지 희망적이고 유토피아 지향적인 사물에 대한 인식들로 쓰여진 작품을 주로 살펴보았다. 그러나 그렇지 않은 작품들도 있다. 사실 그의 첫 시집 제목이 『희망을 다림질하다』일 정도로 그는 시 속에서 전개되는 현실과 사물들에 대하여 긍정적이고 희망적이다. 그렇다면 그에게 다소 절망적이고 좌절감을 느끼는 시편들의 궁극적 지향점이 무엇인지를 밝히는 것도 의미 있는 일이다.

언제라도 표정을 바꾸어
폭우를 쏟아낼 것 같은 하늘이다

사각死角의 그늘을 파고드는
오후의 빗금이
저물어가는 경계선에 멈추어 서 있다

가슴 떨리던 순간
서툴렀던 연기演技를 기억하는 가면들

막이 내린 무대에 똬리를 틀어도
주름 잡힌 돛을 펼치면 또 한 번의 항해이다

깃 세운 망토 자락을 끌며
옥탑방 문지방을 넘어온 수평선이
연둣빛 어깨에서 출렁이고 있다

– 「비상구를 찾다」 전문

이 작품은 4부 처음에 편집된 작품이며, 이 시집의 제목인 시
이다. 지금까지의 다른 작품과는 달리 사물에 대한 인식보다 송
시인의 분주한 삶에 대하여 풍자한 작품이다. 그는 앞에서도 잠
시 언급했지만, 해외무역 사업으로 세계를 누비는 분주한 삶을
살아왔는데 특히 외국인과 상담할 때에는 긴장의 연속이라고

볼 수 있다. 이러한 삶을 언제라도 폭우가 쏟아질 것 같은 하늘에 비유하고 있다. 그리고 '오후의 빗금이/저물어가는 경계선에 멈추어 서 있다'는 시간에 대한 불안의식도 등장한다. 셋째 연과 넷째 연에서는 삶에 좌절이 와도 다시 한 번 깃 세운 망토자락으로 용기를 내고 항해한다고 피력하고 있다. 그래서 그의 삶은 결코 좌절하지 않고 굳건하게 일어서는 것이다. 이러한 의지로 그는 이 시를 시집의 제목으로 삼았다고 볼 수 있다.

몇날 며칠
뽕잎 갉으며 뒤척였다

집 나서는 손잡이를 놓기도 전에
꽈당 소리 내며 먼저 닫히는 문

위로받고 싶어졌다

까르륵거리는 나뭇잎 사이
머물고 있던 바람이 달려 와 안긴다

막혔다가 뻥 뚫린 샤워기에서
진한 햇물이 쏟아져 내려온다

위로받고 싶어 하는 사람
문 저편에 또 있다

- 「장마의 끝」전문

이 작품은 5부 다섯 번째로 편집된 작품이다. 송 시인의 일 하지 않고 쉬는 나날을 '장마'라는 비정상적인 기후 현상을 가져와 형상화한 작품이다. 송 시인은 이러한 나날을 마치 누에가 뽕잎을 갉아먹는 나날이라고 하여 권태롭고 무료함을 구체화한다. 셋째 연 '위로받고 싶어졌다.'라는 시적 화자의 심정의 토로는 바로 송 시인의 심정이라고 짐작할 수 있다. 그러나 화자의 직접적인 심정 토로는 이 한 행으로 끝난다. 정상적으로 회복된 기후를 불어오는 바람으로 의인화하여 감각화하면서 다시 시적 진술을 회복한다. 그리고 시적화자 즉, 송 시인의 분주하면서도 일 자체를 즐기는 삶의 자세를 '햇물'이 쏟아지는 샤워기로 사물화 한다. 그러면서도 한편으로는 또 다른 자아인 '위로받고 싶어 하는 사람'을 '문 저편에 서 있는 다른 사람'으로 형상화한다.

이상의 「비상구를 찾다」와 「장마의 끝」은 송 시인의 삶의 다른 모습이며 분주하게 일하면서 해외여행을 하고 그 사이 자전거로 세계의 도로를 달리는 활기찬 모습과는 다르다. 그러나 이 또한 송 시인의 진솔한 삶의 한 측면이다.

그는 다시 여행을 떠난다. 그리고 산책길에서 들꽃들도 만난다.

양지와 음지의 경계선에

멈추어버린 시간 속으로 들어간다

오후의 단잠을 마친 고원의 빛
성소를 내려오자
만년설 침묵이 녹아 흐르고 있다

계단을 오르는 순례자
두려운 마음으로 묻고 있다

그늘진 얼굴에 흰꽃을 피워내며
그대가 기다리고 있는 것이 무엇인지

오래 전 금이 가버린
슬프게 풍만한 가슴이 떨리고 있다

   – 「알프스를 넘다」 전문

　　이 작품은 3부 다섯 번째에 편집된 작품이다. 알프스에 올랐
거나 여행 중 알프스 산맥을 버스로 오르내렸거나 한 체험을 가
진 독자들에게는 쉽게 공감이 갈 작품이다. 그곳이 샤모니 쪽이
거나 인터라켄 쪽이거나 우리는 알프스에 압도되었으며 눈보라
속에서도 알프스를 트레킹 하는 여행객을 만났다. 그리고 산 중
턱의 수도원 이야기나 빙하에 얽힌 비운의 사랑이야기도 들었
다. 이때의 느낌을 시적으로 형상화한 작품이 바로 이 작품이

다. 입 다물지 못하고 바라본 알프스에서 받은 감동을 시간이나 빛과 같이 다소 관념화된 사물들을 등장시켜 형상화하였음에도 불구하고 넷째 연에서 알프스를 의인화하여 부르는 행위로 인하여 감동의 순간이 적절하게 실감나고 있다. 특히 마지막 연에서 만년설의 녹아내리는 모습을 슬프게 풍만한 가슴으로 표현한 곳에서는 만년설에 얽힌 애달픈 사랑이 전해진다.

응어리진 나날을 에돌아가
길을 나서 새 길을 내어도
막막한 오름 길
어드메
산들바람 불어오는가
소박했던 유년의 궁전
보릿고개 비탈에
비릿한 햇살이 숨바꼭질하고 있다
잊혀진 땅 메마른 황무지에도
번성하라 땅에 충만하라
잔잔한 응원의 함성으로
창세의 축복 이어져
노른자 꽃술을 열고
까르르 웃음 웃는 얼굴들이
맑은 별빛으로 수를 놓고 있다

 ─「개망초」전문

이 작품은 1부의 첫 작품이다. 달리 말하면 시집을 열면 처음으로 등장하는 작품이다. 사실 이 시의 제재인 '개망초'는 우리 나라가 원산지는 아니다. 북아메리카가 원산지인데 지금은 우리나라 6월부터 9월 사이에 길가나 산기슭이나 어디든지 지천으로 꽃을 피우고 있다. 한해살이가 아니고 두해살이고 그 번식률이 대단하다. 1910년대 일제강점기와 더불어 우리나라에 들어왔기에 나라를 망하게 한 풀(망초)에다 '개' 자를 접두사로 더하여 일종의 경멸하는 꽃 이름이다. 그러함에도 불구하고 시인들의 작품 속에 자주 등장한다. 그리고 각 시인들의 작품마다 개성적인 면모를 갖추고 있다.

송 시인의 경우에는 유년기의 체험과 성경을 패러디 한 것이 특성이다. 전반부인 1행부터 8행까지는 길가에 집단적으로 피어 있는 개망초 꽃의 모습으로 인하여 유년기의 아픔인 보릿고개의 배고픔을 이기고 희망을 가졌다는 점을 상기시키고 있다. 허기진 보릿고개의 추억을 가진 세대들은 충분히 공감되는 비유이다. 그러나 후반부 9행부터 15행에서는 창세기1장 22절 〈하나님이 그들에게 복을 주시며 이르시되 생육하고 번성하여 여러 바닷물에 충만하라 새들도 땅에 번성하라 하시니라〉에서 물고기와 새들의 번성을 명령하신 하나님의 말씀을 개망초에다 적용하고 있다. 즉, 개망초의 왕성한 번성과 수직으로 곧게 자라는 모습의 강인성을 이렇게 그가 가진 개신교 신앙의 원천인 구약성경 창세기를 원용하여 형상화에 성공하고 있다.

(3)

이상과 같이 그가 가진 긍정적 세계관과 희망 지향성은 어디에서 나왔을까 하는 의문을 해결해 보기로 한다.

빛으로 오신 분이
그 빛 모두 잃으시고
달무리 후광에
흐물거리는 그림자 실루엣이 되었다
가난한 저녁을 준비하는 소리에
밤은 깊어지고
빨랫줄에 걸려있는 세마포 한 벌
홀연 바람에 날라 간다
그렇게 주님 오시고
주님 떠나신다
눈 멀고 절름발이 된 예루살렘에
무릎 꿇리고
돌문을 닫은 동굴에 갇혔다.
쇠사슬 끊고 승천하였다는 말
믿을 수 없어 내려가던 엠마오 길
두 가슴 뜨거워지며
새 예루살렘이 열리고 있다

— 「엠마오의 식사」 전문

이 작품은 5부 열 세 번째에 편집된 작품이다. 5부에서는 그의 신앙고백이 드러난 작품들이 여러 편 있다. 그 가운데 성경 말씀의 줄거리를 직접적으로 드러내지 않고 응축된 시어와 감각적 이미지를 동원하여 시적 형상화의 성공도가 다른 작품에 비하여 높은 작품이 이 시이다.

예수님이 십자가에서 돌아가시고 3일 만에 부활하셔서 40일 동안 막달라 마리아를 비롯한 여러 제자들에게 나타나셨으며 많은 사람들이 보는 앞에서 땅 끝까지 복음을 전하라고 당부하시고 승천하셨다. 이러한 사실은 『마태복음』, 『마가복음』, 『누가복음』 그리고 『요한복음』의 끝 부분에 밝혀져 있다. 그런데 그 가운데 가장 구체적으로 기록되어 있는 사실이 엠마오로 가는 길에 만난 두 제자의 이야기이다.(『누가복음』 24장 13절-36절) 이 사실은 『누가복음』 한 곳에는 구체적으로 기록되어 있으나 『마가복음』 16장 12-13절에는 엠마오라는 지명도 없이 두 사람이 시골로 갈 때 나타나셨다고 간략하게 기록되어 있다. 송 시인의 앞의 작품은 이 사실을 시로 형상화 한 것이다. 『누가복음』의 사실을 요약하면 다음과 같다.

예수님이 부활하신 날 제자 두 명이 예루살렘에서 이십 오리 떨어진 엠마오로 가는 길에 예수님이 나타나 동행하신다. 그러나 둘은 예수님인 줄 모르고 여러 이야기를 나눈다. 두 제자 중 글로바라는 제자가 그 동안 예루살렘에서 있었던 예수님이 못 박혀 돌아가신 일을 모르느냐고 반문한다. 그리고 예수님이 성경에 그러한 사실이 이미 기록되어 있음을 설명하신다. 도착한 마을에서 두 사람과 예수님이 같이 식사를 한다. 그 자리에서 예수님이 축사하신 후 떡을 떼어 제자들에게 주자 비로소 제자들은 눈이 밝아져 지금까지 그들과 이야기 나누고 식사하신 분이 예수님이라는 것을 알게 된다. 그러자 예수님은 사라진다. 두 제자는 예수님이 성경말씀을 풀어 주실 때 마음이 뜨거워졌다고 감격하고 예루살렘으로 돌아가 다른 제자들에게 예수님을 만난 사실을 말한다.

　이 내용에서 송 시인이 시적 제재로 가져온 부분은 예수님과 두 제자가 식사한 부분이다. 물론 식사하는 부분을 제목으로 가져 왔으나 그 장면을 상세하게 묘사하지는 않고 있다. 그러나 이 성경을 바탕으로 이 시를 해석하면 비신자라도 시적 형상화가 성공하고 있다는 사실을 알게 될 것이다.

　이 작품의 서두 1-4행은 예수님이 골고다 언덕에서 십자가 형으로 돌아가심을 비유적이면서 감각적으로 표현하고 있다. 5행-8행 부분이 두 제자와 예수님이 식사하는 정경을 형상화한 것이다. 세마포가 바람에 날아간다는 표현으로 식사의 풍경은 다이내믹해지고 많은 내포를 간직하게 된다. 말하자면 상징성을 가져 다양한 해석이 가능해진다. 다음 9행부터 14행까지는 예수님의 공생애 3년 동안 많은 이적도 행하시고 말씀도 전하실 때에 구름떼처럼 따라다닌 군중들이 한 순간 돌변하여 예수님을 십자가에 못 박히게 한 예루살렘의 분위기를 비판하고 있다. 그러나 그것도 직접적 진술이 아니라 비유적으로 간략하게 서술한다. 그리고 예수님의 부활과 승천의 소식도 제시된다. 마지막 부분인 15행부터 18행까지는 엠마오의 두 제자의 어조로 예수님의 부활과 승천으로 새로운 예루살렘 시대 즉, 기독교의 탄생과 세계 선교의 길이 열릴 것을 조용히 선언하고 있다.

이상과 같이 송 시인은 그가 가지고 있는 신앙을 통하여 현실의 어려움을 극복하고 국내외 여행의 길이나 삶의 현장을 긍정적으로 보고 있다. 달리 말하면 긍정과 희망의 시학은 그가 가지고 있는 개신교 신앙에서 온 것이라고 볼 수 있다. 그래서 그는 희망을 노래하고 있다. 그리고 그는 사물이나 현실에 대하여 가볍게 일희일비하지 않고 절제된 시작 태도를 가지고 있다. 그의 이 시집의 마지막 작품인 「희망가」를 인용하면서 해설을 마무리하기로 한다.

북풍 몰아치기 전
아직은
꽃의 봄날을 노래하자
어둠의 장막이 드리우기 전
아직은
푸른 하늘을 보도록 하자
또 하나의 세상을 비추는 거울 속에
구름처럼 바람처럼
지나가는 누군가가 있다
아득한 이름
회전하는 그림자라도
꿈길에서 만나보는 인연이 되어
더 이상 갈 수 없다
절망이 속삭일 때

한 걸음 더 내딛어 나아가도록 하자

– 「희망가」 전문

비상구를 찾다

송정우 시집

발 행 처 · 도서출판 **청어**
발 행 인 · 이영철
영   업 · 이동호
홍   보 · 이용희
기   획 · 천성래
편   집 · 방세화
디 자 인 · 이해니 | 이수빈
제작이사 · 공병한
인   쇄 · 두리터

등   록 · 1999년 5월 3일
(제1999-000063호)

1판 1쇄 인쇄 · 2019년 7월 01일
1판 1쇄 발행 · 2019년 7월 15일

주소 · 서울특별시 서초구 남부순환로 364길 8-15 동일빌딩 2층
대표전화 · 02-586-0477
팩시밀리 · 0303-0942-0478

홈페이지 · www.chungeobook.com
E-mail · ppi20@hanmail.net
ISBN · 979-11-5860-677-0(03810)

이 도서의 국립중앙도서관 출판시도서목록(CIP)은 서지정보유통지원시스템 홈페이지
(http://seoji.nl.go.kr)와 국가자료공동목록시스템(http://www.nl.go.kr/kolisnet)
에서 이용하실 수 있습니다.(CIP제어번호: CIP2019028681)